LES MIRACLES,

OU

LA GRACE DE DIEU,

CONTE DÉVOT ;

Par M. L'ABBÉ MAUDUIT.

A PARIS,

Chez DABIN, libraire, au bas de l'escalier de la bibliothéque, palais du Tribunat.

AN X. — 1802.

LETTRE

DE M. L'ABBÉ MAUDUIT

A L'ÉDITEUR.

Bergerac, le premier juin, l'an de grace 1802.

Vous habitez toujours la capitale, mon cher ami; veuillez y publier, je vous prie, un *Conte Dévot* que j'ai composé pour réjouir les fidelles, et convertir les philosophes. Nous n'avons pas un bon imprimeur à Bergerac : il s'en faut bien d'ailleurs qu'il y ait autant de philosophes qu'à Paris. J'avais quelque droit à m'exercer dans le genre des récits pieux; vous n'avez pas oublié que je descends en ligne directe de l'abbé de Choisy, célèbre par ses histoires édifiantes, et par l'habitude moins édifiante de s'habiller en femme. On prétend que ce vêtement peu sacerdotal le brouilla avec les jésuites; calomnie pure, et calomnie mal-adroite. Les jésuites n'étaient pas dupes; ils se méfiaient des apparences, et ne jugeaient pas des hommes sur l'habit.

Cette prétendue brouillerie est si fausse, que l'abbé de Choisy, sous-ambassadeur, fit un long voyage avec les jésuites, pour aller convertir le roi de Siam, au nom de

Louis XIV. Il a écrit le journal de ce voyage. Il y rend justice, non-seulement au zèle ardent de M. Basset et de M. Vachet, missionnaires, mais encore à l'éloquence du P. Lecomte et à l'esprit du P. Gerbillon, tous les deux jésuites. Il pardonna même au P. Gerbillon de lui avoir gagné une partie d'échecs. Le roi de Siam ne se convertit pas ; mais il chargea l'abbé de Choisy, qui repartait pour l'Europe, de faire ses compliments au pape et au cardinal de Bouillon. Malheureusement le cardinal de Bouillon, qui n'était pas disgracié à la cour de Siam, l'était alors à celle de Versailles ; et le roi de Siam, qui n'en savait rien, jouait un tour cruel au sous-ambassadeur. Quelques jours avant de se rembarquer, l'abbé, ne sachant que faire à Siam, songea qu'ayant possédé toute sa vie de riches bénéfices, il ne ferait peut-être pas mal de recevoir les ordres sacrés. Il avait alors quarante-deux ans. Il reçut les quatre mineurs le 7 décembre au matin : il se dépêcha de recevoir les trois majeurs, et n'eut pas plutôt le bonheur d'être prêtre, qu'il voulut se donner le plaisir de dire la messe, et même de prêcher. Il prêcha donc en pleine mer, comme il eût prêché pour son ami l'abbé de Dangeau, en beau français académique, à la grande satisfaction des matelots, qui n'entendaient que le bas-breton.

Votre amitié voudra bien excuser tous ces détails. On aime à parler de ses ancêtres. Je n'ajoute qu'un mot sur l'abbé de Choisy. Ce fut avant, après, ou durant son voyage à Siam, qu'il écrivit ses histoires édifiantes. Il n'aurait tenu qu'à lui de les appeler contes ; car elles ne sont appuyées d'aucune autorité, d'aucun témoignage historique. Il n'en est pas ainsi du Conte Dévot que je vous envoye; j'aurais eu le droit de l'appeler histoire. Il est connu sous le nom des Gabs, vieux mot français qui veut dire gageures; on le trouvera dans les aventures authentiques de Guérin de Montglave et de Galien le restauré. Bernard de la monnaie, dans la troisième partie du Ménagiana raconte ces miracles, en les gâtant un peu. Au reste, les jurés éplucheurs, nommés censeurs-royaux, malgré leur rigueur janséniste pour le Ménagiana, laissèrent passer l'anecdote. Il s'agissait de miracles aussi bien attestés que ceux du diacre Paris. On n'a pas été plus sévère pour Tressan qui les a rapportés depuis dans les extraits de nos anciens romans. J'ai suivi le récit original, en l'ornant avec discrétion, sachant le respect qu'on doit aux textes sacrés.

Dans mon religieux préambule, j'ai fait commémoration de trois de nos patrons les plus signalés, M. l'abbé Geoffroi, François-Auguste de Châteaubriant, et madame de Genlis. Je n'ai point parlé de plusieurs autres, c'est peutêtre un injuste oubli; mais vous savez qu'on ne peut pas tout dire.

Pour M. l'abbé Geoffroi, je vous prie de lui recommander et l'auteur et l'ouvrage. Mais ne vous y trompez pas. S'il en dit du bien, je suis infailliblement sauvé

dans l'autre monde ; mais je suis perdu dans celui-ci. Qu'il
déchire l'ouvrage et l'auteur, il rend mon succès infail-
lible ; et de cette manière, son avis est d'un grand poids. Ce
que je vous écris est confidentiel ; quant à moi je ne par-
tage pas sur ce point l'opinion générale. J'ai foi complète
en ce digne homme ; je lis tous les matins son feuilleton,
et tous les matins après cette lecture, je dis avec le grand
Saint-Augustin, JE CROIS, PARCE QUE CELA EST ABSURDE.
Vous voyez que je me souviens des pères de l'église. J'aime à
voir avec quelles injures édifiantes, avec quelle sainte bru-
talité l'intrépide Geoffroi combat chaque jour la damnée
philosophie du dix-huitième siècle. Sans doute il est payé,
comme cela est juste, en raison de l'absurdité. Il doit
posséder une grande fortune. S'il n'est pas millionnaire, il
est volé.

Dites à François-Auguste de Chateaubriant, que dans mes
fonctions sacerdotales, je ne cesse de le recommander au
GRAND CÉLIBATAIRE. Dieu est le mot de cette énigme.
Si elle eût été proposée à Thèbes, Œdipe au lieu d'épouser
sa mère, aurait été mangé par le Sphinx. En général, la
langue de Chateaubriant n'est qu'à lui ; et même, en dépit
de Condillac, il a créé une nouvelle logique. Elle sera longtemps nouvelle. J'ai lu avec transport, ou pour mieux dire,
dans une continuelle extase, sa brochure en cinq volumes
seulement, sur les beautés poétiques du christianisme. Je
prépare moi-même deux petits in-folio sur les beautés
musicales de notre sainte religion. Cette idée m'est venue

lorsque j'ai entendu le son tant regretté des cloches du pays.
A propos de cloches, il existe deux partis dans Bergerac.
Ne vous effrayez pas. Il s'agit d'une question fort innocente,
La voici. Lequel fait le plus de bruit du gros bourdon de la
cathédrale de Paris, ou du gros bourdon de la cathédrale de
Rouen? Les gageures sont nombreuses et considérables. Je suis
forcé de vous avouer ingénument que j'ai parié pour George-
d'Amboise. Comme ancien marguillier de Saint-Pierre-aux-
Bœufs, dans la Cité, vous êtes attaché à Notre-Dame de
Paris et à son gros bourdon. Je le sais, mon ami, mais
je connais aussi votre esprit de justice, et je m'en rapporte
entièrement à vous. Ne vous en fiez pas aux sonneurs des
deux cathédrales. L'orgueil et l'ambition pourraient dicter
leur avis : mais n'oubliez pas de consulter Camille-Jordan.
Sa paroisse est à Lyon ; je le crois impartial, et plein
d'érudition sur les cloches.

Remerciez cent fois, mille fois, madame de Genlis, du
dernier ouvrage qu'elle vient de publier. Elle appelle cela
la morale chrétienne. Si M. Jourdain vient à dire encore:
qu'est-ce qu'elle chante cette morale ? Apprenez-lui qu'elle
établit, d'une manière victorieuse, qu'il est bien plus agréable
de séduire, tranchons le mot, d'avoir une dévote qu'une
femme mondaine. J'ai choisi les plus beaux morceaux du
chef-d'œuvre. J'en ai fait un sermon ; je l'ai prêché. Il a
été accueilli par la joie publique. J'avais pris pour texte:
MARIA OPTIMAM PARTEM ELEGIT. Marie a choisi la meil-
leure part. Evangile selon Saint-Luc, chapitre X, verset 42.

Modestie à part, l'effet du sermon ne peut se figurer. Tout Bergerac le sait par cœur. Les dévotes n'ont qu'à se bien tenir, leur vertu n'est pas en sûreté. Mais réjouissez-vous; elles n'ont aucune crainte; elles n'ont jamais été si gaies. Elles appellent les persécutions, comme faisaient nos saints martyrs sous l'infâme Julien, qui ne persécuta pas, qui fut le modèle des vertus humaines, mais qui par cela même est infâme, chrétiennement parlant. Vous n'ignorez pas, mon ami, combien ce malheureux empereur fut corrompu par la philosophie du dix-huitième siècle.

Si la vigne du Seigneur fructifiait partout comme à Bergerac, je n'en serais pas réduit à m'écrier:

Les temps sont durs et la foi périclite.

Depuis mon fameux sermon, nos pécheresses deviennent dévotes; nos jeunes impies se convertissent. Ils viennent tous me chercher à l'église; ils viennent me dire, l'un après l'autre: Mon père, madame de Genlis a raison. Je n'entends que cela...... Ou vous savez. Vive la morale chrétienne!

Pardon, mon cher ami, si j'abuse de votre complaisance; mais je vous prie instamment de m'envoyer un exemplaire de l'ouvrage posthume où feu M. l'abbé Beurrier, prêtre Eudiste, a si bien démontré les mystères par les miracles, les miracles par les mystères, l'existence d'une révélation par sa nécessité, et sa nécessité par son existence. On a toujours besoin de livres de cette force, et mes sermons s'en trouveront bien. Madame de Genlis me servira pour l'éloquence, l'abbé Geoffroi pour les injures, et l'abbé Beurrier pour le raisonnement. Abonnez - moi à la gazette ecclésiastique, sitôt qu'elle reparaîtra. Tâchez aussi de me rendre quelque service. Vous connaissez mes petites affaires, et vous avez des amis. Je suis docile. J'ai fait tout ce qu'on a voulu ; je ferai tout ce que l'on voudra. J'ai été prêtre, j'ai cessé de l'être, je le suis redevenu ; je me suis marié, démarié ; j'ai juré, abjuré, rejuré. Faut-il blasphémer ? Qu'à cela ne tienne. Enfin, parlez pour moi. Je n'ai pas la conscience étroite. Je me sens capable d'être tour-à-tour ou à la fois, catholique romain, catholique grec, unitaire, trinitaire, athanasien, arien, pélagien, sémi-pélagien, albigeois, hussite, luthérien, calviniste, anglican, presbytérien, anabaptiste, gomariste, arminien, socinien, janséniste, moliniste, molinosiste, quiétiste, et même déiste. Ne vous gênez pas, allez encore plus loin. Je vous donne mes pleins pouvoirs, et, comme on dit, carte blanche, depuis la religion du grand inquisiteur Saint-Dominique, jusqu'à celle de Spinosa inclusivement. Il y a des gens qui se glorifient d'avoir ce qu'ils appellent du caractère. Je crois plus convenable et plus sûr d'avoir un bon caractère. C'est ce que je vous souhaite. Ainsi soit-il.

———————

LES MIRACLES,

OU

LA GRACE DE DIEU,

CONTE DÉVOT.

Les temps sont durs, et la foi périclite.
Saints, à vos rangs; un généreux effort :
Si quelqu'un rit, criez à l'esprit fort ;
Jadis Molière, en sa verve maudite,
Calomnia méchamment l'hypocrite :
Geoffroi convient que Molière eut grand tort.
Du feuilleton respectant les oracles,
J'ai résolu, pour affermir la foi,
De vous conter d'assez brillans miracles.
Ne sont inscrits aux livres de la loi,
Mais consacrés dans nos vieilles chroniques :
Prônez un peu mes rimes catholiques.
Puisse un récit, doux, simple, édifiant,
Dans ses loisirs charmer Châteaubriant !
Daigne surtout protéger cet ouvrage,

Sainte Genlis , Philaminte des Cieux :
Ma récompense est ton dévot suffrage ;
Mais il suffit que mes vers soient pieux :
N'y verse pas cet ennui salutaire
Qui , trop souvent, remplace en tes écrits
Plaisir mondain que prodiguait Voltaire ;
J'y tiens encor ; le plaisir a son prix.
Vous le savez, jeune élite des belles ,
Vous dont les cœurs à l'amour attachés
Du paradis sont faiblement touchés ;
Qui croyez peu , de peur d'être cruelles.
Mal à propos ne vous effarouchés :
Cruelles, vous ! dévotes le sont-elles ?
Sans renoncer à vos jolis péchés,
A notre cause au moins restez fidelles.
Que vos amans soient comme les Hébreux,
Dignes d'entrer dans la terre promise :
Montez au Ciel en péchant pour l'Eglise ;
Faites des Saints en faisant des heureux.

OR écoutez. Quand le preux Charlemagne ,
Sous l'ascendant de ses fiers étendards
Eût fait ployer les Sarrazins d'Espagne ,
Et les Saxons , et le Roi des Lombards,
Il fut suivi des douze Pairs de France
Qui sur ses pas voyageaient en maint lieu ,

Pour exercer leur commune vaillance,
Et pour gagner des serviteurs à Dieu.
Ils arrivaient en Mésopotamie,
Dans les états gouvernés par Hugon,
Roi musulman, mais plein de prud'hommie,
Tel qu'il n'en fut depuis feu Salomon,
Ce fameux Juif, ce dévot personnage,
De mille objets amant très-peu volage,
Qui, de plaisirs entourant la raison,
Dans un sérail fit les écrits d'un sage.

Chaque héros presse son dextrier,
Dont chaque instant rend la marche plus lente :
Tout succombait sous la chaleur brûlante.
Errant à jeun depuis un jour entier,
Portant le poids des gémeaux en furie,
Les Paladins regrettaient leur patrie,
Et quelque peu maudissaient leur métier :
Quand tout-à-coup, d'une superbe ville
On voit les tours ; et, dans un champ fertile,
Quand le soleil, aux approches du soir,
Va colorant le nuage mobile,
Et de Thétis regagnant le boudoir ;
Hugon paraît. Ami de la nature,
Il cultivait de ses augustes mains
L'art fortuné qui nourrit les humains,
Ce premier art qu'on nomme Agriculture.

Si je voulais divaguer un moment,
Je pourrais là débiter gravement
Quelques lambeaux de morale admirable,
Texte sublime et glose incomparable.
Mais vous aurez moins de mal que de peur,
Mes chers amis ; je laisse de bon cœur
L'ennuyeux texte et l'insipide glose
Aux grands faiseurs de poèmes en prose.

Tout du plus loin que les preux chevaliers
Du bon monarque eurent frappé la vue,
Hugon quitta sa royale charrue.
Les Musulmans sont gens hospitaliers :
Il s'avança, répondit aux harangues
Sans interprète ; il savait bien les langues :
Rois et guerriers furent très-satisfaits.
En devisant d'une façon civile,
On se trouva dans les murs de la ville ;
Et de la ville on parvint au palais.

En arrivant Hugon présente aux dames
Les douze Pairs et le grand Empereur ;
Nouveaux venus sont accueillis des femmes,
Et plus encor s'ils ont de la valeur.
De l'Empereur, comme vous pouvez croire,
On entendait vanter de tout côté
Les traits, le port, et cette majesté

Qu'embellissaient la puissance et la gloire.
Du bon Turpin le ventre de prélat,
Son teint fleuri, son regard de béat,
De mainte prude allumaient la tendresse :
Trente beautés vantaient avec ivresse
L'œil de Renaud, la stature d'Ogier,
Du fier Roland la force et la noblesse ;
Toutes vantaient les graces d'Olivier.
Ses yeux pourtant fixés sur une belle,
Dans le palais déja ne voyaient qu'elle :
Trésor d'amour, fille unique d'Hugon,
L'aimable objet Jacqueline avait nom :
Fleur de quinze ans brillait sur son visage :
Figurez-vous gorge faite à plaisir,
Deux grands yeux noirs mouillés par le desir,
Un pied furtif, un élégant corsage,
Maintien timide et gracieux souris :
De ses attraits la Syrie était fière,
Et Jacqueline eût été la première
Dans le troupeau des célestes houris.
De mille amans qui lui rendaient hommage
Aucun n'avait rendu son cœur épris :
Olivier seul la trouva moins sauvage.
Sans se parler, ils s'étaient entendus ;
Muets sermens, regards doux et perdus,
Tendres soupirs partis du fond de l'ame ,

Du beau guerrier déclarèrent la flamme ;
De Jacqueline il reçut à son tour
Les doux regards, les soupirs et l'amour.

    MAIS on conduit le cortége héroïque
Dans une salle immense et magnifique,
Où le porphire, et l'or, et le tabis,
Festin, musique, et mille odeurs divines,
Parlaient en foule à tous les sens ravis.
Dans cette salle étaient rangés des lits
Qu'enrichissaient d'élégantes courtines.
Qui n'eût compté sur un sommeil divin ?
Ces lits brillans et de pourpre et d'ivoire
Le promettaient ; mais quand on a grand faim,
Avant dormir il faut manger et boire.
Tous les pays conquis par le turban
Ont du festin combiné l'industrie :
Poisson des mers, des fleuves de Syrie,
Oiseaux du Phase et gibier du Liban.
De l'Yemen la féve parfumée
Répand dans l'or sa vapeur embaumée,
Et sa liqueur, si chère aux Musulmans ;
Dans le cristal tombe à flots écumans
Autre liqueur, des sens plus souveraine ;
Fruit des raisins que, sous les lois d'Irène,
Ont vu mûrir et Corinthe et Samos,

Smyrne, Bysance, et Chypre, et Ténédos,
Tous ces coteaux de la Grèce féconde,
Tous ces vallons renommés dans le monde
Pour les bons vins, les chantres, les héros.
Lorsqu'à la ronde on eut bu dix rasades,
Vinrent chansons, devis, contes joyeux,
Récits bouffons, galans, guerriers, pieux,
Peu de bons mots, mais force gasconnades.
Par saint Michel, dit le terrible Ogier,
J'ai le poignet d'une vigueur extrême;
En saisissant cet énorme pilier,
J'ébranlerais ce palais tout entier;
Je veux demain le dire au roi lui-même.
Moi, dit Roland, par les sons de mon cor
Je suis certain de renverser la ville.
Sur ce pari moi j'enchéris encor;
Le Roi, notre hôte, est d'humeur fort civile,
Dit l'Empereur; mais quant à ses héros,
Dès qu'ils voudront, je prétends, en champ clos,
D'un coup de lance en terrasser dix mille.
Pour moi, Messieurs, je fus sauteur habile,
Dit le vieux Nayme, au moins en mon printemps;
J'espère encor, qu'il ne vous en déplaise,
De haut en bas sauter tout à mon aise
Cinquante pieds, malgré mes soixante ans.
Moi, par Bacchus et la Vierge Marie,

Dit en buvant l'archevêque Turpin,
Si le Roi veut, de bon cœur je parie
Que, d'un seul coup, je boirai tout son vin.
Moi, par l'amour, dit Olivier, je gage,
Si du bon Roi la fille au gent corsage
Toute une nuit s'offrait à mon desir,
Que seize fois, sur le sein de ma belle,
Amant heureux, je mourrais de plaisir,
Que seize fois je renaîtrais pour elle.

Les Chevaliers, ivres de vin grégeois,
Contaient aux murs cent sottises pareilles ;
Mais quelquefois les murs ont des oreilles :
C'est vrai, surtout dans le palais des Rois.
Faute d'avis, on peut s'y laisser prendre.
Hugon jadis avait fait tout exprès
Creuser les flancs d'un pilier du palais ;
Et là s'était caché pour bien entendre
Un certain Grec, qui savait le français,
Grand écouteur des entretiens secrets.
Au Roi son maître il alla tout redire.
A ce récit, le bon Monarque eut peur :
Il se fâcha : la peur ne fait pas rire ;
Il ordonna, dans son accès d'humeur,
Que, sans tarder, sitôt que la nuit sombre
Aurait du jour éteint les derniers feux,

Ses Syriens, bien armés, en grand nombre,
Iraient saisir ces Français dangereux.
Mains des héros, vous étiez enchaînées,
Sans un transfuge, assez homme de bien,
Encor Français, s'il n'était plus Chrétien.
Ce renégat, dans ses jeunes années,
Avait suivi Roland, Comte d'Angers,
Faisant la guerre au sein des Pyrénées.
Adonc il va lui conter les dangers
Qui menaçaient cette élite aguerrie,
Los des héros, fleur de chevalerie.

BIEN avertis, les preux aventuriers
Prennent soudain leurs écus, leurs cimiers,
Leurs beaux cuissards, ces lances, ces épées
Que le sang maure a si souvent trempées.
Le bon Turpin, très-belliqueux prélat,
Prend son rosaire et sa masse bénite ;
Touché par elle au milieu d'un combat,
Tout mécréant périt de mort subite.
Chacun des Pairs, montant son palefroi,
Suit l'Empereur ; et du palais du Roi,
D'un seul fendant, Roland brise les portes.
Avec Hugon de nombreuses cohortes,
Précipitant le galop des coursiers,
Déja fondaient sur les treize guerriers.

Tels que des rocs, au milieu des tempêtes,
Unis, serrés, sans reculer d'un pas,
Les Paladins faisaient voler des têtes,
Chassaient loin d'eux et donnaient le trépas.
Oh! c'est alors que Roland l'invincible,
Laissant tomber sa durandal terrible,
Coupait en deux ceux qu'atteignait son bras.
Poussant leur glaive et de pointe et de taille,
Charles son oncle, et Renaud son cousin,
Mettaient à mal maint soldat sarrasin;
Et, déployant sa gigantesque taille,
Tout près de là le formidable Ogier
Leur disputait l'honneur de la bataille.
A ses côtés, le charmant Olivier,
Moins vigoureux, mais vif et plein d'adresse,
Né pour l'amour, mais nourri dans les camps,
Aimant la gloire autant que sa maîtresse,
Des Syriens éclaircissait les rangs.
Turpin, levant son effrayante masse,
Les assommait avec dévotion;
Et puis au ciel il demandait leur grace:
Nul n'expira sans absolution.

DE tous les coins de la ville alarmée,
Malgré sa peur, le peuple curieux
Vient admirer, en ouvrant de grands yeux,

Treize guerriers combattant une armée.
Au haut des tours, on voit aussi briller
Maint doux objet, mainte beauté divine ;
Car toute belle aime à voir férailler.
D'un œil en pleurs, la douce Jacqueline
Lorgnait, suivait, défendait Olivier
Bravant les coups de l'homicide acier.
Elle tremblait pour lui, pour elle-même ;
Elle éprouvait ce langoureux émoi,
Mal-à-propos nommé je ne sais quoi :
Fille d'esprit sait très-bien quand elle aime.

Hugon lassé d'avoir tant combattu
Sans rien gagner, voulut avec prudence
Parler de paix : on peut sans conséquence
Bien raisonner quand on s'est bien battu.
Or ça, dit-il, guerriers pleins de vaillance,
J'ai, de tout temps, fait grand cas des Français ;
Dans les combats ils ont quelque succès ;
Mais fallait-il venir jusqu'à Solyme
Pour insulter un roi qui vous estime ?
Lors il conta les paris singuliers
Que le plaisir et les vins de la Grèce
Avaient dictés aux vaillans chevaliers,
Durant le cours d'une héroïque ivresse.
Charles le grand, Roland le très-sensé,

A ce discours ne savaient que répondre ;
Mais Olivier, d'un ton fort empressé,
Dit : c'est très-vrai ; pensez-vous nous confondre ?
Vous auriez tort. Les chevaliers chrétiens
N'ont jamais su retirer leur parole :
Dans notre bouche aucun mot n'est frivole ;
Et, quant à moi, ce que j'ai dit, j'y tiens :
J'accomplirai ma promesse sacrée,
Puisque ma bouche et mon cœur l'ont jurée.
Disant cela, Jacqueline il voyait,
Et lui lançait un regard vif et tendre :
Du haut des tours Jacqueline l'oyait ;
Amans, de loin, se font très-bien entendre.

HUGON reprit : voilà parler au mieux.
Chevaliers francs, restez en ma demeure ;
Vous, Olivier, dès que la dixième heure
D'un noir manteau rembrunira les cieux,
Avec Turpin chez moi venez sans faute ;
Auprès de moi ma fille trouverez :
Je vous la donne, et son époux serez ;
Mais, avant tout, il vous faut, à voix haute,
Jurer tous deux sur vos livres sacrés
Que vérité tous deux dévoilerez :
Et cette nuit fera, quoi qu'il advienne,
Vous Musulman, ou ma fille chrétienne.

C'est à ce prix que je veux vous unir.
Vous tous Français, dont j'admire l'audace,
A midi juste, ayez soin de venir;
Le rendez-vous est ici, dans la place.
De Mahomet vous subirez la loi,
S'il vous advient quelques mésaventures;
Mais Jacqueline, et tout mon peuple, et moi,
De Jésus-Christ nous adoptons la foi,
Si vous gagnez vos modestes gageures.

BON, s'écria Turpin le chroniqueur,
C'est marché fait, j'accepte de grand cœur;
Je crois, j'espère; et Dieu fera le reste.
Mais permettez que j'embrasse Olivier;
Car son discours vient de m'édifier;
Dieu l'a rempli de sa grace céleste.
La Jacqueline est en très-bonnes mains :
Moi, je saurai faire honneur à vos vins;
Je boirai tout, j'en jure, j'en atteste
Et mon ampoule et mes vignes de Rheims.

LES beaux diseurs donnent la confiance.
Charles céda; chacun des pairs de France
Au saint traité souscrivit à l'instant,
Et tout chacun se retira content.
Hugon riait dans sa barbe touffue,

Et répétait tout bas : ces braves gens
Seront demain de fort bons musulmans.
Turpin disait : c'est affaire conclue ;
Dieu rognera les griffes du démon ;
Mes chers amis, vous voyez bien Hugon :
Il va demain demander le baptême ;
Il entendra ma messe et mon sermon,
Et je prétends le confesser moi-même.

AVEC Turpin, sitôt que vint le soir,
Quelques instans avant l'heure chérie,
Notre Olivier se rend à son devoir :
Cette beauté qu'adore la Syrie
Tremble et rougit du plaisir de le voir.
Avec candeur Jacqueline à son père
Sur l'alcoran jure d'être sincère,
De conter tout le lendemain matin.
Quand elle eut dit, l'archevêque Turpin,
Qui ne marchait jamais sans son bréviaire,
De sa pochette avec solennité
Tire un livret lu, relu, médité,
Qui contenait, au lieu des litanies,
De beaux détails sur les vins généreux,
Sur les raisins, les muscats savoureux
Que produisaient ses quatorze abbayes.
Or ça, dit-il, baise les livres saints ;

Baise, mon fils, jure sur l'évangile
Que tu seras sincère autant qu'habile.
Sire, bon soir : demain gare à vos vins ;
Car je ne suis ni gascon, ni parjure.
Avec respect Olivier baise et jure.
Turpin sortit, n'ayant que faire là.
Après Turpin le père s'en alla.
Olivier seul resta près de sa belle ;
Tout à loisir il put s'enivrer d'elle,
Baiser cent fois ce minois si joli,
Cet œil si beau par l'amour embelli,
Ce teint, ces traits sans fard et sans grimaces,
Ce sein charmant, ce corps ferme et poli
Qu'eût envié la plus jeune des graces.

Pour l'empêcher d'arriver à son but
En beau chat blanc, le malin Belzébut
S'était bloti sur la couche douillette,
Et riait fort aux dépens d'Olivier ;
Car il comptait lui nouer l'aiguillette :
Mais rira bien qui rira le dernier.
Par un usage et saint et méritoire,
Pour pénitence, alors qu'il se couchait,
Entre ses dents Olivier dépêchait
Une oraison courte et jaculatoire.
De foi, d'espoir et d'amour transporté,

En caressant la gentille beauté ,
D'un ton pieux , il dit : Ave Marie.
A ce saint nom , des diables redouté ,
Le Belzébut , miaulant avec furie ,
Dans les enfers s'enfuit épouvanté.

Or maintenant , vous croyez bien , mesdames ,
Que mes tableaux vont échauffer vos ames ;
Que je peindrai ce mutuel transport ,
Ces plaisirs vifs , cette ivresse touchante
D'un couple heureux que son amour enchante.
Vous le croyez ? Eh bien , vous avez tort :
Nos deux amans ont besoin de mystère ;
Sous les rideaux amour les met d'accord :
Allons nous-en ; faisons comme le père.
Vous insistez ! vous desirez savoir
Si vous devez conserver quelqu'espoir !
C'est bien le moins que beauté s'intéresse
Aux grands exploits , à la pure tendresse
D'un chevalier plein d'amour et d'honneur ;
Un accident peut trahir sa valeur.
De son pari je connais l'imprudence :
Mais comptez-vous pour rien la providence ?

Dieu qui créa les mondes et les cieux ,
Et dont la nuit ne ferme point les yeux ,

Veille au sommet de la sphère divine :
Veille Olivier, comme aussi Jacqueline ;
Veillent encor les chevaliers français :
Au milieu d'eux le seul Turpin sommeille,
Plein d'espérance et du vin de la veille,
Et plus qu'eux tous convaincu du succès.
Le saint prélat, quand le jour va paraître,
S'éveille : on voit entrer par la fenêtre,
Non ces démons délicieux, charmans,
Dignes héros des modernes romans,
Ces farfadets aux formes ravissantes,
Ces spectres blancs et ces nones sanglantes ;
Mais saint Remi, bien crossé, bien mitré,
Ayant le chef de rayons décoré.
Enfans, dit-il, n'ayez frayeur aucune,
Vous connaissez mon nom et ma fortune ;
De mon vivant, j'étais comme Turpin,
Grand archevêque, et grand ami du vin.
Si j'abhorrais la Champagne pouilleuse,
Par moi de Rheims les coteaux sont bénis :
Fort à propos, pour huiler saint Clovis,
Dieu m'envoya l'ampoule merveilleuse.
Je viens d'en haut, au nom de monseigneur :
De votre affaire il a ri de bon cœur ;
Il est bonhomme, et de plus il vous aime ;
Mais n'osant pas s'en fier à lui-même,

Craignant l'abus sur un sujet pareil,
Il a voulu rassembler son conseil.
Comme ici bas, chez nous on vous estime ;
On a trouvé maint pari peu discret ;
Malgré cela, l'avis est unanime ;
On a senti quel scandale adviendrait
Si des démons Hugon restait l'esclave,
Et si son vin demeurait dans sa cave.
Miracle il faut, miracle se fera ;
D'un saint mitré croyez-en les oracles ;
Selon vos vœux tout se terminera :
Notre Olivier fait déja des miracles :
Il a chez nous un très-puissant appui ;
Car Notre-Dame intercède pour lui.
Voilà que c'est, quand on fait œuvre pie,
D'être dévot à la Vierge Marie !
Il est marqué du cachet des élus :
De Belzébut bravant les tours magiques,
Olivier pousse en faveur de Jésus
Seize argumens forts et théologiques.
Vous direz tous un pater au bon Dieu ;
A tous les saints vous offrirez des cierges ;
N'oubliez pas les onze mille vierges :
Tout vrai croyant doit les fêter. Adieu.

  Il dit, s'envole et les laisse en prière.

L'astre éclatant qui mesure les jours
Avait atteint le milieu de son cours,
En dispensant et chaleur et lumière ;
On vit soudain descendre du palais
Hugon, sa cour, les chevaliers français.
Un peuple immense, avide de spectacles,
Se trouvait-là dans l'espoir insolent
De bien berner les faiseurs de miracles ;
Berner les saints est toujours consolant.
Hugon s'avance. Approchez-vous, bonhomme ;
C'est sur ce ton qu'à Nayme il s'adressa :
Pour grand sauteur partout on vous renomme.
Qu'en dites-vous ? Hier on m'annonça
Que par serment, que par gageure expresse,
Cinquante pieds, malgré votre vieillesse,
De haut en bas, vous prétendiez sauter.
On aime ici les voltigeurs ingambes.
A cette tour vous plaît-il de monter ?
C'est sa hauteur : prenez garde à vos jambes.
A ce discours, le vieux Nayme joyeux
Dit un pater, au ciel lève les yeux,
Monte à la tour, d'un saut franchit l'espace,
Et bien portant se retrouve en la place
Auprès d'Hugon, lequel dit : C'est beaucoup ;
J'étais fort loin de vous croire aussi leste ;
Vous sautez bien : passons à ce qui reste.

Turpin boira tout mon vin d'un seul coup;
Voyons. Il dit : dans une immense tonne,
Les sommeliers versent cent muids de vin;
Chacun murmure et longuement s'étonne;
Déja tout bas chacun siffle Turpin.
Le chroniqueur, certain de la victoire,
D'un air béat, son rosaire à la main,
Boit d'un seul trait et dit : Versez à boire.
Quand tout le peuple applaudissait encor,
Roland saisit le redoutable cor;
Hugon s'élance; il crie : Eh ! laissez vîte,
Laissez ce cor; de tout je vous tiens quitte,
Brave Roland; mais ce jeune vaurien,
Ce beau Français qui ne doutait de rien,
A-t-il chanté seize fois son antienne?
Où donc est-il? Alors doublant le pas,
Olivier prend sa femme entre ses bras,
L'élève en l'air, et dit : elle est chrétienne.
Quoi ! tout-à-fait, lui répartit Hugon;
Mon cher monsieur, n'êtes-vous pas gascon?
Ce pari-là peut se perdre sans honte.
Répondez-moi, ma fille; voulez-vous
Que l'on s'en fie à monsieur votre époux?
Ne s'est-il pas glissé quelque mécompte?

   LA Jacqueline avec simplicité,

Les yeux baissés, répondit : Je vous jure
Qu'à tous les deux vous nous faites injure ;
Mon cher mari ne dit que vérité ;
Je suis garant qu'il a très-bien compté.
Hugon la crut. Fille honnête et sincère,
En cas pareil ne peut tromper son père.
Dans l'aventure il vit le doigt de Dieu ;
Tant ce monarque était un grand génie !
Oh ! oh ! dit-il, Jacqueline, ma mie,
Je suis chrétien ; ceci n'est pas un jeu ;
Ce ne sont-là visions, ni prestiges ;
Croyons au Dieu qui fait de tels prodiges.
Le jour d'après, l'archevêque Turpin,
Encore à jeun, c'était de grand matin,
Dévotement célébra la grand'messe
Dans un vieux temple en église érigé,
Et d'eau bénite amplement aspergé.
Le Roi, sa cour, le peuple, la noblesse,
Tout s'y trouva ; tout y fut baptisé.
Le bon Turpin débita dans la chaire
Un beau sermon en trois points divisé,
Payé par lui, fait par son grand vicaire.
Il commençait, et chacun sommeilla ;
Quand il finit, chacun se réveilla.
Lors Olivier, sa douce Jacqueline
Furent unis avec dévotion.

Turpin leur fit une exhortation
Sur les effets de la grace divine
Qui, des chrétiens fidelles et fervens,
Quand on l'appelle est toujours entendue,
Mais qui toujours est sourde aux mécréans.
Si bien parla que Jacqueline émue
Dit à voix basse : Olivier, mon seul bien,
Fais ton salut ; sois toujours bon chrétien.
Les chevaliers convertirent les belles ;
La foi toucha ces cœurs longtemps rebelles.
Bref, pour finir dignement ce beau jour,
D'un grand festin l'élégante abondance
Couronna tout. On but, on fit l'amour :
C'est à peu près comme on finit en France.

F I N.